# DIE GESCHICHTE VON SHIMA DER SHIBA

**Verfasst von**
Mike Missanelli

**Illustration von**
Alexander T. Lee

Copyright © 2024 von Mike Missanelli

ISBN: 978-1-77883-395-3 (Taschenbuch)
978-1-77883-396-0 (Gebundene Ausgabe)

Alle Rechte vorbehalten. Ohne vorherige schriftliche Genehmigung des Herausgebers darf kein Teil dieser Publikation in irgendeiner Form oder mit irgendwelchen Mitteln, einschließlich Fotokopien, Aufzeichnungen oder anderer elektronischer oder mechanischer Methoden, vervielfältigt, verbreitet oder übertragen werden, es sei denn, es handelt sich um kurze Zitate, die in kritischen Rezensionen enthalten sind, oder um andere nichtkommerzielle Verwendungen, die nach dem Urheberrecht zulässig sind.

Die in diesem Buch geäußerten Ansichten sind ausschließlich die des Autors und spiegeln nicht notwendigerweise die Ansichten des Herausgebers wider, der hiermit jegliche Verantwortung dafür ablehnt.

BookSide Press
877-741-8091
www.booksidepress.com
orders@booksidepress.com

# DIE GESCHICHTE VON
# SHIMA DER SHIBA

Verfasst von

**Mike Missanelli**

Illustration von

**Alexander T. Lee**

Hallo! Ich bin Shima, ein Shiba Inu, eine Rasse, die aus dem schönen Japan stammt. Ursprünglich waren meine Vorfahren geschickte Jagdhunde, die darauf trainiert wurden, Kleinwild wie Vögel, Kaninchen und Eichhörnchen aufzuspüren und zu jagen und die Gärten ihrer Besitzer vor Unheil zu schützen.

Viele sagen, dass ich mit meinen scharfen Zügen und den scharfen Augen einem Fuchs ähnle, aber ich versichere dir, dass ich viel knuddeliger bin und ein hervorragender Familienbegleiter bin.

Es wird oft gesagt, dass Shibas stur sind, aber ich halte uns für unabhängig und frei denkend - Eigenschaften, die sehr bewundernswert sind.

Erlebe mit mir ein Abenteuer!

Ich war nur ein kleiner Welpe, als der Mann, den ich jetzt Papa nenne, ins Tierheim kam. Kannst du mir ein liebevolles Zuhause geben?

Ich mache mich auf die Reise in ein neues Leben, das mit so vielen Fragen gefüllt ist. Wie wird mein neues Zuhause aussehen? Wird es einen Garten geben, in dem ich herumlaufen kann? Ich muss zugeben, dass ich ein bisschen Angst habe.

Es ist in Ordnung, ein bisschen Angst vor neuen Erfahrungen zu haben - es ist normal, Gefühle zu haben. Mein Vater nennt mich Shima. Er sagt, das ist die Abkürzung für Shimashita, was auf Japanisch „König" bedeutet!

Ich lerne immer noch den Unterschied zwischen richtig und falsch. Manchmal habe ich Unfälle im Haus.

Manchmal, wenn die Haustür offen ist, nutze ich die Gelegenheit, um hinauszusprinten und die Gegend zu erkunden.

Mein Vater hat versucht, mich auf die übliche Weise zu trainieren, wie Hunde lernen. Er ging mit mir in eine große Tierhandlung und meldete mich in einem Kurs mit anderen Hunden an.

Der Trainer übte mit uns die Grundkommandos wie „Komm" und „Sitz".

Eine Zeit lang habe ich mitgemacht, aber dann wurde es mir langweilig – außerdem riecht es in der Zoohandlung komisch.

**Mein Vater hat mich kürzlich zum Tierarzt gebracht, einem Arzt speziell für Haustiere. Ich musste meine Impfungen bekommen, damit ich nicht krank werde. Du brauchst keine Angst vor dem Arztbesuch zu haben, denn er ist immer da, damit es uns besser geht!**

Manchmal kann Neugierde zu Problemen führen. Nebenan, gleich hinter unserem Gartenzaun, wohnt ein großer Hund.

Ich höre ihn oft bellen und ich wollte herausfinden, warum. Ich dachte immer, alle Hunde seien freundlich, aber dieser war anders. Er mochte es nicht, wenn ich unter dem Zaun durchkroch und seinen Garten betrat.

Leider hat er mich gebissen! Autsch!

Ich hatte eine böse Schnittwunde und der Tierarzt musste mich nähen. Das Schwierigste war jedoch, dass ich eine ganze Weile diesen dummen Plastikkegel um den Hals tragen musste, damit ich nicht an den Fäden lecken konnte und die Fäden gut heilten. Ich muss zugeben, dass ich ziemlich lächerlich aussah!

Ich bin nicht gerade der beste Wachhund. Wenn ich Geräusche höre, z. B. wenn der Postbote kommt oder jemand an der Tür klopft, belle ich wie ein Wolf im Wald. Sobald mein Vater jedoch die Tür öffnet, ändert sich mein Verhalten – ich begrüße den Besucher mit einem meiner Spielzeuge und bin immer bereit, einen neuen Freund zu finden.

Aber mein Vater hat mir erklärt, dass vermutlich nicht alle Besucher freundlich sein werden.

Da ich einen Garten habe, in dem ich mich frei bewegen kann, bin ich nicht besonders scharf auf Spaziergänge – was ein bisschen ungewöhnlich ist, ich weiß. Aber wenn ich rausgehe, interessiere ich mich mehr für Menschen als für andere Hunde.

Hey, das ist MEINE Straße – vergiss sie nicht!

Wir Shibas nehmen unser Revier ziemlich ernst.

Jedes Mal, wenn jemand anhält, um mich zu streicheln, sagen sie immer das Gleiche. Na gut, dann sagen wir es jetzt gemeinsam:

**ICH BIN KEIN WILDES TIER!**

Ich verbringe viel Zeit in meinem Garten.
Manchmal bade ich einfach gerne in der Sonne.

Meine Lieblingsbeschäftigung ist Baseball spielen! Ich folge den Sprüngen des Balls und schnappe ihn mir aus der Luft!

Denke immer daran, deinen Träumen zu folgen. Du kannst alles werden, was du dir wünschst. Was mich betrifft, so träume ich davon, der erste Hunde-Baseballprofi zu werden!

Imitiere nicht blindlings deine Freunde, vor allem nicht, wenn ihre Handlungen schädlich sind! Nimm zum Beispiel meine Nachbarn Penelope und Rose, zwei Bassett Hounds, deren unablässiges Bellen die Passanten einschüchtert.

Aber es sieht nach Spaß aus, also mache ich es!

Ich ziehe Menschenfutter jederzeit dem Hundefutter vor! Hier ist mein Trick: Ich werfe ihnen einfach meinen besten verlegenen Blick zu, wenn ich frage, und die Menschen können nicht widerstehen, mir zu geben, was ich will!

Alle Hunde lieben knusprige kleine Leckerlis.

Manchmal gibt mir mein Vater Leckereien, die zu groß sind und zu viel Mühe machen, sie zu essen.

In solchen Fällen schleiche ich mich davon und verstecke sie an den merkwürdigsten Orten.

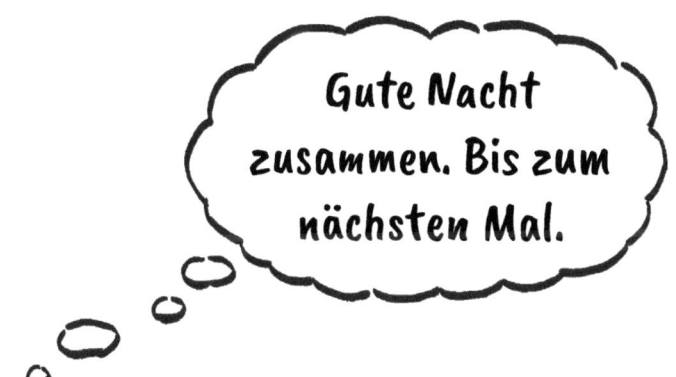